folio cadet ■ prem

P9-DUI-071

**Le Petit Nicolas
d'après l'œuvre de René Goscinny
et Jean-Jacques Sempé**

Une série animée adaptée pour la télévision
par Matthieu Delaporte, Alexandre de la
Patellière et Cédric Pilot / Création graphique
de Pascal Valdès / Réalisée par Arnaud Bouron
D'après l'épisode «Le musée», écrit par
Thomas Barichella et Mathias Fourrier.
Le Petit Nicolas, les personnages,
les aventures et les éléments caractéristiques
de l'univers du Petit Nicolas sont une création
de René Goscinny et Jean-Jacques Sempé.
Droits de dépôt et d'exploitation de marques
liées à l'univers du Petit Nicolas réservés
à **IMAV EDITIONS**. Le Petit Nicolas® est une
marque verbale et figurative enregistrée.

Adaptation : Emmanuelle Lepetit
Maquette : Clément Chassagnard
Le papier de cet ouvrage est composé
de fibres naturelles, renouvelables, recyclables
et fabriquées à partir de bois provenant
de forêts plantées et cultivées expressément
pour la fabrication de la pâte à papier.
Loi n° 49-956 du 16 juillet 1949 sur les
publications destinées à la jeunesse
ISBN : 978-2-07-064631-9
N° d'édition : 240190
Dépôt légal : septembre 2012
Imprimé en France par I.M.E.

Le Petit Nicolas

Panique au musée

GALLIMARD JEUNESSE

Le Petit Nicolas

Maman Papa

et ses copains

Nicolas   Alceste   Clotaire Eudes

La maîtresse Le Bouillon

ouisette Marie-Edwige Geoffroy Agnan

– Les enfants, ce matin, nous allons faire une petite sortie, annonce la maîtresse.

– OUAIS ! hurlent de joie Nicolas et ses copains.

– Au musée ! ajoute-t-elle.

– OH, NON ! se renfrognent les garçons.

Au musée, les copains de Nicolas traînent des pieds. Un tableau attire leur attention. Dessus, on voit des oranges bleues...

– Il est nul ce tableau ! tranche Rufus.

– Les oranges bleues, ça n'existe même pas ! confirme Eudes. Quelle andouille, le peintre qui a fait ce truc-là ! On devrait prévenir les gens du musée.

La maîtresse tire les enfants de leurs réflexions.

– Vous avez quartier libre une demi-heure pour continuer la visite, déclare-t-elle. Je compte sur vous pour être sages...

– Oui, mademoiselle ! répondent les garçons, la bouche en cœur.

Rassurée, la maîtresse s'éloigne, suivie de son chouchou Agnan.

Mais, dès qu'elle est hors de portée de voix...

– Une demi-heure ? Ça nous laisse juste le temps de faire un cache-cache ! lance Clotaire.

– Comme c'est toi qui as eu l'idée, c'est toi qui comptes ! dit Nicolas.

En un clin d'œil, les garçons s'éparpillent comme une volée de moineaux.

Clotaire ferme les yeux et commence à compter :

– 50, 49, 48...

Après avoir tourné en rond dans le musée, Nicolas et ses copains sont bientôt de retour dans la salle aux oranges bleues.

– 27, 26, 25... compte Clotaire à voix haute.

Vite! Il n'y a pas de temps à perdre : Nicolas se faufile derrière le rideau de la fenêtre.

– Bonne idée ! chuchote Eudes.

Il rejoint Nicolas derrière le rideau. Geoffroy en fait autant, et enfin Alceste. Ça en fait du monde derrière le rideau ! Trop de monde...

– Arrêtez de pousser ! râle Nicolas, bousculé par ses copains.

Il ne tarde pas à se retrouver à décou-
vert, éjecté de sa cachette.

– 3, 2, 1, 0! crie alors Clotaire.

Il se retourne et aperçoit tout de suite
Nicolas.

– VU!

– Eh bien, puisque c'est comme ça... se
fâche Nicolas.

D'un coup sec, il tire le rideau, décou-
vrant ses trois copains.

– VU! VU! VU! claironne Clotaire.

– C'est de la triche, se révolte Eudes.

– Je peux savoir qui tu traites de tricheur? se vexe Clotaire.

– À ton avis, sale tricheur? gronde
Eudes.

La bagarre éclate en plein musée.
Clotaire a d'abord l'avantage. Il empoigne

Eudes et le fait tournoyer à travers la salle.
Mais Eudes est quand même le plus fort.
Il se dégage et, VLAN! pousse Clotaire
vers un guéridon.

Sous le choc, la théière bleue posée sur
le guéridon tombe par terre. CHTING!
DELING!

3

Les cinq garçons observent la théière qui s'est brisée par terre, en cinq morceaux.

– OH! LÀ, LÀ! panique Eudes. Quand la maîtresse va voir ça...

Nicolas tend l'oreille: des pas se rapprochent dans le couloir.

– Elle arrive... Vite, il faut cacher les morceaux!

Chaque garçon s'empare d'un bout de théière et le fourre dans son cartable, posé dans un coin de la salle.

Puis ils retournent tous se poster devant le tableau aux oranges bleues.

– Oh ! je suis contente de voir que vous aimez la peinture, les garçons ! se réjouit la maîtresse en les rejoignant.

Le gardien du musée entre alors dans la salle, tenant Rufus par l'oreille.

– Il est à vous, ce garnement ? Je l'ai trouvé caché dans un placard.

– Mince, j'avais oublié de le chercher, lui ! siffle Clotaire entre ses dents.

Rufus a l'oreille rouge, pourtant il est tout content :

– C'est moi qui ai gagné ! déclare-t-il.

– Gagné ? s'étonne la maîtresse. Tu as surtout gagné une punition ! Bon... Mettez-vous en rang, les enfants : la visite est terminée.

Soulagés, les copains de Nicolas se précipitent vers leurs cartables et quittent la salle sans tarder.

Nicolas est le seul à traîner un peu. En douce, il observe le guéridon d'où la théière a disparu. Il est posé juste à côté de la chaise du gardien. Pourvu que ce dernier ne remarque rien...

À midi, Nicolas déjeune à la maison avec ses parents. Il finit son assiette en écoutant la radio quand le journaliste annonce aux informations : « Une antiquité estimée à plusieurs millions a été volée ce matin dans le musée de la ville... »

Cinq minutes plus tard, Nicolas et ses copains se sont réunis en urgence dans la cabane du terrain vague.

– Ils ont dit quoi à la radio ? demande Clotaire, abasourdi.

– Qu'on était des voleurs, soupire Nicolas.

– C'est n'importe quoi. On l'a cassée, cette théière, pas volée.

– Bah... on l'a cassée, et on l'a aussi volée, objecte Eudes en sortant un morceau de son cartable.

– Alors on n'a qu'à rendre les morceaux au musée ! propose Alceste.

– Si on fait ça, tu imagines la punition ! s'écrie Nicolas, avant d'ajouter : J'ai une idée. Une fois, mon père a cassé un vase de ma mémé et il l'a recollé sans rien dire. Elle ne s'est jamais rendu compte de rien ! On n'a qu'à recoller la théière et la rendre au musée.

– ZUT ALORS ! se désole Geoffroy. J'ai déjà jeté mon morceau à la poubelle.

– Alors il faut qu'on aille le récupérer vite fait ! ordonne Nicolas.

En sortant de la cabane, les garçons tombent nez à nez avec Rufus.

– Hé, les gars, il y a eu un vol au musée et c'est mon papa policier qui est chargé de l'enquête ! déclare-t-il, tout fier.

Arrivés chez Geoffroy, les garçons posent leur morceau de théière sur la table du jardin et se mettent à fouiller les poubelles à la recherche du morceau manquant.

Et, après quelques minutes de recherche parmi les épluchures...

– JE L'AI ! hurle Geoffroy, triomphant.

– On peut aller se laver les mains ? Tout ça m'a donné faim, j'aimerais bien prendre mon goûter, dit aussitôt Alceste.

– Entendu. On en profitera pour aller chercher la colle dans le bureau de mon père, répond Geoffroy.

À peine les enfants sont-ils entrés dans la maison que le camion des éboueurs s'arrête devant le portail. Albert, le major-dome, s'avance pour sortir les poubelles. Au passage, il aperçoit les débris de la théière sur la table du jardin. Et hop! il les fait glisser dans une poubelle, direction la décharge.

À leur retour, les enfants doivent se rendre à l'évidence : les morceaux de la théière ont bel et bien disparu.

– On va aller en prison ! gémit Nicolas, désespéré.

– Vous, peut-être… pas moi, crâne alors Geoffroy. Mon père a plein de théières chez lui. Je vais en donner une au musée pour remplacer l'autre.

Le visage de Nicolas s'éclaire.

– Tu es sûr qu'on peut faire ça ?

– Euh… oui, enfin… à condition de ne pas le dire à mon père ! répond Geoffroy, malin.

Une heure plus tard, Nicolas est de retour au musée, une théière jaune entre les mains. Il s'approche du guéridon... et découvre que le gardien du musée est endormi sur sa chaise, juste à côté !

Nicolas avance à pas feutrés quand soudain....

– NICOLAS ! Qu'est-ce que tu fais là ? hurle sa copine Louisette.

– Chut ! souffle Nicolas. Tu vas réveiller le gardien...

Mais le gardien est déjà réveillé. Il aperçoit Nicolas.

– Hé, toi ! On ne touche à rien ici. Repose ça tout de suite !

Tandis que Louisette se sauve, Nicolas pose la théière sur le guéridon.

– Ça alors ! grommelle le gardien, j'ai cherché cette théière toute la journée et elle était juste sous mon nez !

Nicolas recule déjà vers la sortie, se croyant tiré d'affaire, quand le gardien ajoute :

– Ce qui est bizarre, c'est qu'elle a changé de couleur...

Nicolas s'immobilise : le gardien a tout compris ! Il se jette à ses pieds.

– S'il vous plaît, monsieur, ne dites rien au père de Rufus !

– Je me doutais bien que c'était toi et tes copains qui aviez cassé cette théière. Bon, comme tu m'en as apporté une nouvelle, je ne dirai rien, promis.

– Ouf ! s'écrie Nicolas. Parce que j'avais peur d'aller en prison...

– En prison ? Pour m'avoir cassé une théière de rien du tout ?

– À la radio, ils ont dit qu'elle valait des millions ! s'étonne Nicolas.

– HA, HA, HA ! Des millions, ma vieille théière ? rigole le gardien. Tu confonds avec le vase précieux qui a été volé au musée ce matin !

Peu de temps après, Nicolas retrouve ses copains au terrain vague et leur raconte le fin mot de l'histoire. Tous sont bien soulagés. Jusqu'à ce que Rufus déboule à vélo.

– Hé ! Geoffroy, tu sais quoi ? Il y a une théière antique qui vaut des millions qui a été volée chez toi. Mais ne t'inquiète pas : mon papa mène l'enquête !

→

Pour les jeunes apprentis lecteurs
Niveau 2

n° 1 *La photo de classe*

n° 2 *Même pas peur!*

n° 3 *Les filles, c'est drôlement compliqué!*

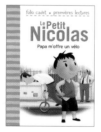

n° 4 *Papa m'offre un vélo*

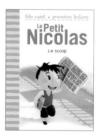

n° 5 *Le scoop*

n° 6 *Prêt pour la bagarre*

n° 7 *La tombola*

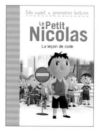

n° 8 *La leçon de code*

n° 9 *Le chouchou a la poisse*

Retrouve le Petit Nicolas sur le site www.petitnicolas.com